The Life of Prophet Dawud AS (David)

Bilingual Version

English Germany Classic Version

by

Ibn Kathir

Jannah An-Nur Foundation

2020

THE LIFE OF PROPHET DAWUD AS (DAVID) BILINGUAL VERSION ENGLISH GERMANY CLASSIC VERSION

First edition. May 18, 2020.

Written by Jannah An-Nur Foundation and Ibn Kathir.

Table of Contents

Prologue

———

When the two armies faced each other, Goliath challenged any soldier from King Saul's army to single combat, as was the custom of battle in those days. Goliath also wanted to show off his strength. The men were terrorized, and no one had enough courage to volunteer. The king offered the hand of his pretty daughter in marriage to the man who would fight Goliath, but even this tempting offer did not change the deadly silence among his soldiers.

Then, to everyone's surprise, a youth stepped forward. A roar of laughter echoed from the enemy's side, and even Saul's men shook their heads.

The young man was Prophet Dawud AS (David), from the city of Bethlehem. His elderly father had chosen three of his sons to join Saul's army. He had instructed the youngest one, David, not to take part in the fighting but to help the army in other ways and to report to his father daily on what was happening on the war front.

Although Saul was very impressed by the youth's courage, he said: "I admire your courage, but you are no match for that mighty warrior. Let the strong men come forward." David, however, had already decided and was willing to meet the challenge. Proudly, he told the king that only the day before he had killed a lion which had threatened his father's sheep, and on another occasion he had killed a bear. He asked Saul not to

1

judge him by his appearance, for he feared no man or wild beast. Saul, surprised by young David's brave stance, agreed: "My brave soldier, if you are willing, then may Allah SWT (God) guard you and grant you strength!"

The king dressed David in battle armor and handed him a sword, but David was not used to wearing battle dress. He felt uncomfortable in it, and it obstructed his movements. He removed the armor, then collected a few pebbles and filled his leather pouch with them. He slung it over his shoulder next to his sling. With his wooden staff in hand, he began to walk towards the enemy. Saul was worried and asked him how on earth, with a sling and a couple of stones was he going to defend himself against the giant? David replied: "Allah SWT Who protected me from the claws of the bear and the fangs of the lion will certainly protect me from this brute!"

Wenn die beiden Armeen einander gegenüberstanden, forderte Goliath jeden Soldaten aus König Sauls Armee zum Einzelkampf heraus, wie es damals in der Schlacht üblich war. Goliath wollte auch seine Stärke demonstrieren. Die Männer wurden terrorisiert, und niemand hatte genug Mut, sich freiwillig zu melden. Der König bot dem Mann, der gegen Goliath kämpfen würde, die Hand seiner hübschen Tochter zur Heirat an, aber selbst dieses verlockende Angebot änderte nichts an dem tödlichen Schweigen unter seinen Soldaten.

Dann trat zur Überraschung aller ein Jugendlicher vor. Ein lautes Gelächter hallte von der feindlichen Seite wider, und sogar Sauls Männer schüttelten den Kopf. Bei dem jungen Mann handelte es sich um den Propheten Dawud AS (David) aus der Stadt

2

Bethlehem. Sein älterer Vater hatte drei seiner Söhne ausgewählt, sich Sauls Armee anzuschließen. Er hatte den Jüngsten, David, angewiesen, sich nicht an den Kämpfen zu beteiligen, sondern der Armee auf andere Weise zu helfen und seinem Vater täglich über die Geschehnisse an der Kriegsfront zu berichten. Obwohl Saul vom Mut der Jugendlichen sehr beeindruckt war, sagte er: "Ich bewundere Ihren Mut, aber Sie sind diesem mächtigen Krieger nicht gewachsen. Lasst die starken Männer nach vorne kommen."

David hatte sich jedoch bereits entschieden und war bereit, sich der Herausforderung zu stellen. Stolz erzählte er dem König, dass er erst am Tag zuvor einen Löwen erlegt hatte, der die Schafe seines Vaters bedroht hatte, und bei einer anderen Gelegenheit einen Bären erlegt hatte. Er bat Saul, ihn nicht nach seinem Äußeren zu beurteilen, denn er fürchte weder Menschen noch wilde Tiere. Saul, der von der mutigen Haltung des jungen David überrascht war, stimmte zu: "Mein tapferer Soldat, wenn du willig bist, dann möge Allah SWT (Gott) dich beschützen und dir Kraft geben!

Der König kleidete David in eine Kampfrüstung und reichte ihm ein Schwert, aber David war es nicht gewohnt, Kampfkleidung zu tragen. Er fühlte sich darin unbehaglich, und es behinderte seine Bewegungen. Er nahm die Rüstung ab, sammelte dann einige Kieselsteine ein und füllte damit seinen Lederbeutel. Er warf sie über seine Schulter neben seine Schlinge. Mit seinem Holzstab in der Hand begann er, auf den Feind zuzugehen. Saul war beunruhigt und fragte ihn, wie in aller Welt er sich mit einer Schleuder und ein paar Steinen gegen den Riesen verteidigen sollte. David antwortete: "Allah SWT, der mich vor den Klauen

3

des Bären und den Reißzähnen des Löwen beschützt hat, wird mich sicher vor diesem Rohling schützen!

Tales of Prophet Daud AS (David) English Edition

=====

When the two armies faced each other, Goliath challenged any soldier from King Saul's army to single combat, as was the custom of battle in those days. Goliath also wanted to show off his strength. The men were terrorized, and no one had enough courage to volunteer. The king offered the hand of his pretty daughter in marriage to the man who would fight Goliath, but even this tempting offer did not change the deadly silence among his soldiers.

Then, to everyone's surprise, a youth stepped forward. A roar of laughter echoed from the enemy's side, and even Saul's men shook their heads.

The young man was Prophet Dawud AS (David), from the city of Bethlehem. His elderly father had chosen three of his sons to join Saul's army. He had instructed the youngest one, David, not to take part in the fighting but to help the army in other ways and to report to his father daily on what was happening on the war front.

Although Saul was very impressed by the youth's courage, he said: "I admire your courage, but you are no match for that mighty warrior. Let the strong men come forward." David, however, had already decided and was willing to meet the challenge. Proudly, he told the king that only the day before he had killed a lion which had threatened his father's sheep, and on another occasion he had killed a bear. He asked Saul not to judge him by his appearance, for he feared no man or wild beast. Saul, surprised by young David's brave stance, agreed: "My brave soldier, if you are willing, then may Allah SWT (God) guard you and grant you strength!"

The king dressed David in battle armor and handed him a sword, but David was not used to wearing battle dress. He felt uncomfortable in it, and it obstructed his movements. He removed the armor, then collected a few pebbles and filled his leather pouch with them. He slung it over his shoulder next to his sling. With his wooden staff in hand, he began to walk towards the enemy. Saul was worried and asked him how on earth, with a sling and a couple of stones was he going to defend himself against the giant? David replied: "Allah SWT Who protected me from the claws of the bear and the fangs of the lion will certainly protect me from this brute!"

When Goliath set eyes on the lean young man who looked like a boy, he laughed loudly and roared: "Are you out to play war with one of your playmates, or are you tired of your life? I will simply cut off your head with one swipe of my sword!"

David shouted back: "You may have armor, shield, and sword, but I face you in the name of Allah, the Lord of the Israelites, Whose laws you have mocked. Today you will see that it is not the sword that kills but the will and power of Allah!"

So saying, he took his sling and placed in it a pebble from his pouch. He swung and aimed it at Goliath. The pebble shot from the whirling sling with the speed of an arrow and hit Goliath's head with great force. Blood gushed out, and Goliath thumped to the ground, lifeless, before he had a chance to draw his sword. When the rest of his men saw their mighty hero slain, they took to their heels. The Israelites followed in hot pursuit, taking revenge for their years of suffering at the hands of their enemy, killing every soldier they could lay hands on. In this battle the Israelites regained the glory and honor that had been lost for a long time.

David became a hero overnight. Saul kept his word and married his daughter Michal (Miqel) to the young warrior and took him under his wing as one of his chief advisors.

Almighty Allah declared: So they routed them by Allah's Leave and David killed Goliath, and Allah gave him (David) the kingdom (after the death of Saul and Samuel) and wisdom, and taught him of that which He willed. And if Allah did not check one set of people by means of another, the earth would indeed be full of mischief. But Allah is full of Bounty to the Alamin (mankind, jinns and all that exist). (Ch 2:251 Quran).

David became the most famous man among the Israelites. However, he was not inveigled by this; he was not a prisoner of fame or leadership but a prisoner of Allah's love.

Therefore, after killing Goliath he went out into the desert in the company of nature, glorifying Almighty Allah and contemplating His favors. Verily, We made the mountains to glorify Our Praises with him (David) in the Ashi (after the mid-day till sunset) and Ishraq (after the sunrise till mid-day). And (so did) the birds assembled: all with him (David) did

7

turn (to Allah, glorified His Praises). We made his kingdom strong and gave him wisdom and sound judgment in speech and decision. (Ch 38:18-20 Quran)

Creatures such as the plants, birds, beasts, and even the mountains responded to his voice glorifying Allah. Allah had chosen David to be a prophet and revealed the Psalms to him. As He the Almighty said: And to David We gave the Psalms. (Ch 17:55 Quran).

David recited his scripture and glorified Allah while the mountains joined him praise and the birds rallied around him. Almighty Allah directed: Be patient (O Muhammad) of what they say, and remember Our slave David, endured with power. Verily, he was ever oft-returning in all matters and in repentance toward Allah. (Ch 38:17 Quran).

David's sincerity was not the only factor responsible for the birds and beasts joining with him in glorifying Allah, nor was the sweetness of his voice. It was a miracle from Allah. This was not his only miracle, for Allah also endowed him with the faculty of understanding the languages of birds and animals.

David (pbuh) fasted every other day. Abdullah Ibn Amr Ibn Al-As narrated: Allah's Apostle (pbuh) said to me: "The most beloved fasting to Allah was the fasting of the Prophet David, who used to fast alternate days. And the most beloved prayer to Allah was the prayer of David, who used to sleep the first half of the night, and pray for one third of it and again sleep for a sixth of it." (Sahih Al-Bukhari).

Abdullah Ibn Amr Ibn Al-As also narrated: "The Prophet (pbuh) said to me: 'I have been informed that you pray all the nights and observe fast all the days; is this true?' I replied: 'Yes.' He said: 'If you do so, your eyes will be weak and you will get bored. So fast three days a month, for this will be the fasting of a whole year. (Or equal to the fasting of a whole year).' I said: 'I find myself able to fast more.' He said: 'Then fast like the fasting of (the Prophet) David (pbuh) who used to fast on alternate days and would not flee on facing the enemy.'" (Sahih Al-Bukhari)

Allah granted David great influence. His people had a great number of wars in their time, but they had a problem in that the iron armor was too heavy for the fighter to move and fight as he wished. It is said that David was sitting one day, contemplating this problem while toying with a piece of iron. Suddenly, he found his hand sinking in the iron. Almighty Allah had made it flexible for him: And We made the iron soft for him. (Ch 34:10 Quran)

The people praised and loved David. However, the hearts of men are fickle and their memories short. Even great men can feel insecure and become petty-minded. One day David found Saul in a worried state. He sensed something strange in Saul's attitude towards him. That night, when he shared his feeling with his wife, she started to weep bitterly and said: "O David, I will never keep any secrets from you." She told him that her father had become jealous of his popularity and feared that he would lose his kingdom to him. She advised him to be on his guard.

This information shocked David very much. He prayed and hoped that Saul's good nature would overcome the darker side of his character. The following day, Saul summoned David to inform him that Canaan had gathered its forces and would march on the kingdom. He ordered David to advance on them with the army and not to return unless victory was gained.

David sensed that this was an excuse to get rid of him; either the enemy would kill him, or in the thick of battle, Saul's henchmen might stab him in the back. Yet he hastened with his troops to meet the army of Canaan. They fought the Canaanites brav, without thinking of their own safety. Allah granted them victory, and David lived to return to Saul.

Unfortunately, this only increased Saul's fear, so he plotted to kill David. Such is jealousy that not even a daughter's well-being mattered. Michal learned of her father's plan and hurried to warn her husband. David gathered some food and things, mounted his camel and fled. He found a cave in which he remained hidden for many days. After a time, David's brothers and some citizens joined forces with him. Saul's position became very weak, for he began to rule with a heavy hand. He ill-treated the learned, tortured the reciters of the Talmud, and terrorized his soldiers. This worsened his position, and his subjects began to turn against him. He decided to go war against David. Hearing this news, David marched to confront Saul's army.

The king's army had traveled a great distance and was overcome by fatigue, so they decided to rest in a valley, where they fell asleep. Quietly, David crept up to the sleeping Saul, removed his spear, and cut off a piece of his garment with the sword. David then awakened the king and told him: "Oh king, you come out seeking me, but I do not hate you, and I do not want to kill you.

If I did, I would have killed you when you were asleep. Here is a piece of your garment. I could have hacked your neck instead, but I did not. My mission is that of love, not malice." The king realized his mistake and begged for forgiveness.

Time passed and Saul was killed in a battle in which David did not take part. David succeeded Saul, for the people remembered what he had done for them and elected him king. So it was that David the Prophet was also a king. Allah strengthened the dominion of David and made him victorious. His kingdom was strong and great; his enemies feared him without engaging in war with him.

David had a son named Solomon (Sulaiman), who was intelligent and wise from childhood. When the following story took place, Solomon was eleven years old.

One day David, was sitting, as usual, solving the problems of his people when two men, one of whom had a field, came to him. The owner of the field said: "O dear Prophet! This man's sheep came to my field at night and ate up the grapes and I have come to ask for compensation." David asked the owner of the sheep: "Is this true?" He said: "Yes, sir." David said: "I have decided that you give him your sheep in exchange for the field." Solomon, to whom Allah had given wisdom in addition to what he had inherited from his father, spoke up: "I have another opinion. The owner of the sheep should take the field to cultivate until the grapes grow, while the other man should take the sheep and make use of their wool and milk until his field is repaired. If the grapes grow, and the field returns to its former state, then the field owner should take his field and give back the sheep to their owner."

David responded: "This is a sound judgment. Praise be to Allah for gifting you with wisdom. You are truly Solomon the Wise."

Prophet David was a just and righteous ruler who brought peace and prosperity to his people, and whom Allah honored as a messenger. He delivered Allah's message to the people through the precious gift of his melodious voice. When he recited the Psalms (Zaboor), it was as if the rest of creation chanted with him; people listened as if in a trance. The messages David delivered are famous and well remembered. They are known in the Bible as the Psalms or Songs of David.

David divided his working day into four parts: one to earn a living and to rest, one to pray to his Lord, one to listen to the complaints of his people, and the last part to deliver his sermons. He also appointed deputies to listen to his subjects' complaints so that in his absence people's problems might not be neglected.

Although a king, he did not live on the income of his kingdom. Being well-experienced in the craft of weapon-making, he made and sold weapons and lived on that income.

One day, as David was praying in his prayer niche, he ordered his guards not to allow anyone to interrupt him, but two men managed to enter and disturb him. "Who are you?" he asked. One of the men said: "Do not be frightened. We have a dispute and have come for your judgment." David said: "What is it?" The first man said: "This is my brother, has ninety nine sheep, and I have one. He gave it to me but took it back." David, without

12

hearing from the other party said: "He did you wrong by taking the sheep back, and many partners oppress one another, except for those who are believers."

The two men vanished like a cloud, and David realized that they were two angels sent to him to teach him a lesson. He should not have passed a judgment without hearing from the opposing party.

Almighty Allah told us of this incident: And has the news of the litigants reached you? When they climbed over the wall into (his) Mihrab (a praying place or a private room). When they entered in upon David, he was terrified of them, they said: Fear not! (We are) two litigants, one of whom has wronged the other; therefore judge between us with truth, and treat us not with injustice, and guide us to the Right Way."

"Verily, this is my brother (in religion) has ninety nine ewes, while I have only one ewe, and he says: 'Hand it over to me,' and he overpowered me in speech."

David said immediately without listening to the opponent: "He has wronged you in demanding your ewe in addition to his ewes. And, verily, many partners oppress one another, except those who believe and do righteous good deeds, and they are few."

And David guessed that We have tried him and he sought Forgiveness of his Lord, and he fell down prostrate and turned to Allah in repentance. So We forgave him that, and verily, for him is a near access to Us, and as good place of final return Paradise.

O David! Verily! We have placed you as a successor on earth, so judge you between men in truth and justice. And follow not your desire for it will mislead you from the Path of Allah. Verily! Those who wander astray from the Path of Allah shall have a severe torment, because they forgot the Day of Reckoning. (Ch 38:21-26 Quran).

Prophet Dawud AS (David) worshipped Allah SWT (God), glorified Him and sang His praise until he died. According to traditions, Prophet Dawud AS (David) died suddenly and was mourned by four thousand priests as well as thousands of people. It was so hot that people suffered from the intensity of the sun. Prophet Sulaiman AS (Solomon) called the birds to protect Prophet Dawud AS (David) and the people from the sun, and they did so until he was buried. This was the first sign of his dominion to be witnessed by the people.

Tales of Prophet Daud AS (David)
Germany Edition

W enn die beiden Armeen einander gegenüberstanden, forderte Goliath jeden Soldaten aus König Sauls Armee zum Einzelkampf heraus, wie es damals in der Schlacht üblich war. Goliath wollte auch seine Stärke demonstrieren. Die Männer wurden terrorisiert, und niemand hatte genug Mut, sich freiwillig zu melden. Der König bot dem Mann, der gegen Goliath kämpfen würde, die Hand seiner hübschen Tochter zur Heirat an, aber selbst dieses verlockende Angebot änderte nichts an dem tödlichen Schweigen unter seinen Soldaten.

Dann trat zur allgemeinen Überraschung ein Jugendlicher vor. Ein lautes Gelächter hallte von der feindlichen Seite wider, und sogar Sauls Männer schüttelten den Kopf.

Bei dem jungen Mann handelte es sich um den Propheten Dawud AS (David) aus der Stadt Bethlehem. Sein älterer Vater hatte drei seiner Söhne ausgewählt, um sich Sauls Armee anzuschließen. Den jüngsten, David, hatte er angewiesen, sich nicht an den Kämpfen zu beteiligen, sondern der Armee auf andere Weise zu helfen und seinem Vater täglich über die Geschehnisse an der Kriegsfront zu berichten.

Obwohl Saul vom Mut der Jugendlichen sehr beeindruckt war, sagte er: "Ich bewundere Ihren Mut, aber Sie sind diesem mächtigen Krieger nicht gewachsen. Lasst die starken Männer nach vorne kommen." David hatte sich jedoch bereits entschieden und war bereit, sich der Herausforderung zu stellen. Stolz erzählte er dem König, dass er erst am Tag zuvor einen Löwen erlegt hatte, der die Schafe seines Vaters bedroht hatte, und bei einer anderen Gelegenheit einen Bären erlegt hatte. Er bat Saul, ihn nicht nach seinem Aussehen zu beurteilen, denn er fürchte weder Mensch noch wildes Tier. Saul, der von der mutigen Haltung des jungen David überrascht war, stimmte zu: "Mein tapferer Soldat, wenn du willig bist, dann möge Allah SWT (Gott) dich beschützen und dir Kraft geben!

Der König kleidete David in eine Kampfrüstung und reichte ihm ein Schwert, aber David war es nicht gewohnt, Kampfkleidung zu tragen. Er fühlte sich darin unbehaglich, und es behinderte seine Bewegungen. Er nahm die Rüstung ab, sammelte dann einige Kieselsteine ein und füllte damit seinen Lederbeutel. Er warf sie über seine Schulter neben seine Schlinge. Mit seinem Holzstab in der Hand begann er, auf den Feind zuzugehen. Saul war beunruhigt und fragte ihn, wie in aller Welt er sich mit einer Schleuder und ein paar Steinen gegen den Riesen verteidigen sollte. David antwortete: "Allah SWT, der mich vor den Klauen des Bären und den Reißzähnen des Löwen beschützt hat, wird mich sicher vor diesem Rohling schützen!

Als Goliath den schlanken jungen Mann, der wie ein Junge aussah, erblickte, lachte er laut auf und brüllte: "Bist du darauf aus, mit einem deiner Spielkameraden Krieg zu spielen, oder bist du deines Lebens überdrüssig? Ich werde dir mit einem Hieb meines Schwertes einfach den Kopf abschlagen!"

rief David zurück: "Du magst Rüstung, Schild und Schwert haben, aber ich stelle mich dir im Namen Allahs, des Herrn der

Israeliten, dessen Gesetze du verspottet hast. Heute werdet ihr sehen, dass nicht das Schwert tötet, sondern der Wille und die Macht Allahs!

Er nahm also seine Schlinge und legte einen Kiesel aus seinem Beutel hinein. Er schwang und zielte damit auf Goliath. Der Kieselstein schoss aus der wirbelnden Schleuder mit der Geschwindigkeit eines Pfeils und traf Goliaths Kopf mit großer Wucht. Blut sprudelte heraus, und Goliath stürzte leblos zu Boden, bevor er sein Schwert ziehen konnte. Als der Rest seiner Männer ihren mächtigen Helden erschlagen sah, nahmen sie Reißaus. Die Israeliten folgten in heißer Verfolgungsjagd und rächten sich für das jahrelange Leiden durch den Feind, indem sie jeden Soldaten töteten, den sie in die Hände bekamen. In dieser Schlacht gewannen die Israeliten den Ruhm und die Ehre zurück, die sie lange Zeit verloren hatten.

David wurde über Nacht zum Helden. Saul hielt sein Wort, heiratete seine Tochter Michal (Miqel) mit dem jungen Krieger und nahm ihn als einen seiner Hauptberater unter seine Fittiche.

erklärte der allmächtige Allah: Und David tötete Goliath, und Allah gab ihm (David) das Königreich (nach dem Tod von Saul und Samuel) und Weisheit und lehrte ihn, was Er wollte. Und wenn Allah nicht eine Gruppe von Menschen durch eine andere kontrollieren würde, wäre die Erde in der Tat voller Unheil. Aber Allah ist voll der Gnade für die Alamin (die Menschheit, die Dschinn und alles, was existiert). (Kap. 2:251 Koran).

David wurde der berühmteste Mann unter den Israeliten. Er war kein Gefangener des Ruhmes oder der Führung, sondern ein Gefangener der Liebe Allahs.

Deshalb ging er nach der Tötung Goliaths in Begleitung der Natur in die Wüste hinaus, verherrlichte den allmächtigen Allah und dachte über seine Gunst nach. Wahrlich, Wir machten die Berge, um mit ihm (David) im Ashi (nach der Mittagszeit bis zum Sonnenuntergang) und im Ishraq (nach dem Sonnenaufgang bis zur Mittagszeit) Unser Lob zu verherrlichen. Und die Vögel versammelten sich, und alle, die bei ihm waren, wandten sich zu Allah, um Seinen Lobpreis zu verherrlichen. Wir machten sein Königreich stark und gaben ihm Weisheit und gesundes Urteilsvermögen in Rede und Entscheidung. (Ch 38:18-20 Koran)

Kreaturen wie die Pflanzen, Vögel, Tiere und sogar die Berge reagierten auf seine Stimme, indem sie Allah verherrlichten. Allah hatte David zum Propheten erwählt und ihm die Psalmen offenbart. Wie Er, der Allmächtige, sagte: Und David gaben Wir die Psalmen. (Ch 17:55 Koran).

David rezitierte seine Schriften und verherrlichte Allah, während die Berge sich ihm zum Lobpreis anschlossen und die Vögel sich um ihn scharten. Allah, der Allmächtige, führte die Regie: Habt Geduld mit dem, was sie sagen, und gedenkt Unseres Sklaven David, der mit Macht geduldet hat. Wahrlich, er kehrte in allen Dingen oft zurück und bereute Allah gegenüber. (Ch 38:17 Koran).

Davids Aufrichtigkeit war nicht der einzige Faktor, der dafür verantwortlich war, dass die Vögel und Tiere sich mit ihm zusammenschlossen, um Allah zu verherrlichen, noch war es die Süße seiner Stimme. Es war ein Wunder von Allah. Dies war nicht sein einziges Wunder, denn Allah stattete ihn auch mit der Fähigkeit aus, die Sprachen der Vögel und Tiere zu verstehen.

David (Friede sei mit ihm) fastete jeden zweiten Tag. Abdullah Ibn Amr Ibn Al-As erzählte: Allahs Apostel (Friede sei mit ihm) sagte zu mir: "Das geliebteste Fasten zu Allah war das Fasten des Propheten David, der an wechselnden Tagen fastete. Und das geliebteste Gebet zu Allah war das Gebet Davids, der die erste Hälfte der Nacht schlief und ein Drittel davon betete und ein Sechstel davon wieder schlief'". (Sahih Al-Bukhari).

Abdullah Ibn Amr Ibn Al-As berichtete ebenfalls: "Der Prophet (Friede sei mit ihm) sagte zu mir: 'Mir ist berichtet worden, dass Sie alle Nächte beten und alle Tage fasten; ist das wahr? Ich antwortete: 'Ja. Er sagte: 'Wenn du das tust, werden deine Augen schwach, und du wirst dich langweilen. Fasten Sie also drei Tage im Monat, denn dies wird das Fasten eines ganzen Jahres sein. (Oder gleich dem Fasten eines ganzen Jahres)'. Ich sagte: "Ich finde mich in der Lage, mehr zu fasten. Er sagte: 'Dann faste wie (der Prophet) David (Friede sei mit ihm), der an wechselnden Tagen fastete und nicht vor dem Feind floh.'". (Sahih Al-Bukhari)

Allah gewährte David großen Einfluss. Sein Volk hatte zu seiner Zeit eine große Anzahl von Kriegen, aber es hatte das Problem, dass die eiserne Rüstung zu schwer war, als dass der Kämpfer sich so bewegen und kämpfen konnte, wie er es wünschte. Es wird erzählt, dass David eines Tages saß und über dieses Problem nachdachte, während er mit einem Stück Eisen spielte. Plötzlich fand er seine Hand in dem Eisen versunken. Der allmächtige Allah hatte es ihm flexibel gemacht: Und Wir machten das Eisen weich für ihn. (Ch 34:10 Koran)

Die Menschen lobten und liebten David. Doch die Herzen der Menschen sind wankelmütig und ihre Erinnerungen kurz. Selbst große Männer können sich unsicher fühlen und kleinkariert werden. Eines Tages fand David Saul in besorgtem Zustand vor. Er spürte etwas Seltsames in Sauls Haltung ihm gegenüber. Als er in jener Nacht seiner Frau seine Gefühle mitteilte, begann sie bitterlich zu weinen und sagte "O David, ich werde nie Geheimnisse vor dir haben." Sie erzählte ihm, dass ihr Vater eifersüchtig auf seine Beliebtheit geworden sei und befürchtete, dass er sein Königreich an ihn verlieren würde. Sie riet ihm, auf der Hut zu sein.

Diese Information schockierte David sehr. Er betete und hoffte, dass Sauls gute Natur die dunklen Seiten seines Charakters überwinden würde. Am folgenden Tag rief Saul David zu sich und teilte ihm mit, dass Kanaan seine Streitkräfte versammelt habe und auf das Königreich zu marschieren gedenke. Er befahl David, mit der Armee vorzurücken und erst zurückzukehren, wenn der Sieg errungen sei.

David spürte, dass dies ein Vorwand war, um ihn loszuwerden; entweder würde der Feind ihn töten, oder Sauls Schergen könnten ihm mitten im Kampf in den Rücken fallen. Dennoch eilte er mit seinen Truppen zur Armee von Kanaan. Sie kämpften tapfer gegen die Kanaaniter, ohne an ihre eigene Sicherheit zu denken. Allah gewährte ihnen den Sieg, und David überlebte, um zu Saul zurückzukehren.

Leider steigerte dies Sauls Angst nur noch mehr, so dass er plante, David zu töten. Die Eifersucht ist so groß, dass nicht einmal das Wohlergehen einer Tochter von Bedeutung war. Michal erfuhr von dem Plan ihres Vaters und beeilte sich, ihren Mann zu warnen. David sammelte einige Lebensmittel und Dinge, bestieg sein Kamel und floh. Er fand eine Höhle, in der er viele Tage verborgen blieb. Nach einiger Zeit schlossen sich Davids Brüder und einige Bürger mit ihm zusammen. Sauls Position wurde sehr schwach, denn er begann, mit schwerer Hand zu regieren. Er misshandelte die Gelehrten, folterte die Rezitatoren des Talmud und terrorisierte seine Soldaten. Dadurch verschlechterte sich seine Position, und seine Untertanen begannen, sich gegen ihn zu wenden. Er beschloss, gegen David in den Krieg zu ziehen. Als David diese Nachricht hörte, marschierte er los, um Sauls Armee entgegenzutreten.

Die Armee des Königs hatte eine weite Strecke zurückgelegt und war von Müdigkeit übermüdet, so dass sie beschlossen, sich in einem Tal auszuruhen, wo sie einschliefen. David schlich sich leise an den schlafenden Saul heran, entfernte seinen Speer und schnitt mit dem Schwert ein Stück seines Gewandes ab. Dann weckte David den König und sagte es ihm: "Oh König, du kommst heraus und suchst mich, aber ich hasse dich nicht, und ich will dich nicht töten. Wenn ich es täte, hätte ich dich getötet, als du schliefst. Hier ist ein Stück Eures Gewandes. Ich hätte Euch stattdessen den Hals zerhacken können, aber ich habe es nicht getan. Meine Mission ist die der Liebe, nicht die der

Bosheit." Der König erkannte seinen Fehler und bat um Vergebung.

Die Zeit verging, und Saul wurde in einer Schlacht getötet, an der David nicht teilnahm. David trat die Nachfolge Sauls an, denn das Volk erinnerte sich an das, was er für sie getan hatte, und wählte ihn zum König. Der Prophet David war also auch ein König. Allah stärkte die Herrschaft Davids und machte ihn zum Sieger. Sein Königreich war stark und groß; seine Feinde fürchteten ihn, ohne mit ihm Krieg zu führen.

David hatte einen Sohn namens Salomo (Sulaiman), der von Kindheit an intelligent und weise war. Als sich die folgende Geschichte abspielte, war Salomo elf Jahre alt.

Eines Tages saß David, wie üblich, und löste die Probleme seiner Leute, als zwei Männer, von denen einer ein Feld hatte, zu ihm kamen. Der Besitzer des Feldes sagte: "Lieber Prophet! Die Schafe dieses Mannes kamen nachts auf mein Feld und fraßen die Trauben auf, und ich bin gekommen, um eine Entschädigung zu verlangen. David fragte den Besitzer des Schafes: "Ist das wahr?" Er sagte: "Ist das wahr? "Ja, mein Herr." David sagte: "Ja, Sir: "Ich habe beschlossen, dass Sie ihm Ihr Schaf im Tausch gegen das Feld geben." Salomo, dem Allah zusätzlich zu dem, was er von seinem Vater geerbt hatte, Weisheit geschenkt hatte, ergriff das Wort: "Ich habe eine andere Meinung. Der Besitzer des Schafes sollte das Feld nehmen, um es zu bestellen, bis die Trauben wachsen, während der andere Mann die Schafe nehmen und von ihrer Wolle und Milch Gebrauch machen sollte, bis sein Feld repariert ist. Wenn die Trauben wachsen und das Feld wieder in seinen früheren Zustand zurückkehrt, dann sollte der

22

Feldbesitzer sein Feld nehmen und das Schaf seinem Besitzer zurückgeben.

David antwortete: "Dies ist ein vernünftiges Urteil. Gepriesen sei Allah dafür, dass er euch mit Weisheit beschenkt hat. Du bist wahrhaftig Salomo der Weise."

Der Prophet David war ein gerechter und rechtschaffener Herrscher, der seinem Volk Frieden und Wohlstand brachte und den Allah als Gesandten ehrte. Er überbrachte Allahs Botschaft an das Volk durch die kostbare Gabe seiner wohlklingenden Stimme. Wenn er die Psalmen (Zaboor) rezitierte, war es, als ob die übrige Schöpfung mit ihm sang; die Menschen hörten ihm wie in Trance zu. Die Botschaften, die David überbrachte, sind berühmt und gut in Erinnerung. Sie sind in der Bibel als die Psalmen oder Lieder Davids bekannt.

David teilte seinen Arbeitstag in vier Teile: einen, um seinen Lebensunterhalt zu verdienen und sich auszuruhen, einen, um zu seinem Herrn zu beten, einen, um die Beschwerden seines Volkes zu hören, und den letzten Teil, um seine Predigten zu halten. Er ernannte auch Stellvertreter, die sich die Beschwerden seiner Untertanen anhörten, damit in seiner Abwesenheit die Probleme der Menschen nicht vernachlässigt würden.

Obwohl er ein König war, lebte er nicht von den Einkünften seines Königreichs. Da er im Handwerk der Waffenherstellung sehr erfahren war, stellte er Waffen her und verkaufte sie und lebte von diesem Einkommen.

Eines Tages, als David in seiner Gebetsnische betete, befahl er seinen Wachen, ihn von niemandem unterbrechen zu lassen, aber zwei Männer schafften es, einzudringen und ihn zu stören. "Wer sind Sie?", fragte er. Einer der Männer sagte: "Erschrecken Sie nicht. Wir haben einen Streit und sind gekommen, um Ihr Urteil zu hören." David sagte: "Was ist das?", sagte David. Der erste Mann sagte: "Das ist mein Bruder, er hat neunundneunzig Schafe, und ich habe eins. Er gab es mir, aber er nahm es zurück." David, ohne von der anderen Partei zu hören, sagte: "Was ist das? "Er hat Ihnen Unrecht getan, indem er die Schafe zurücknahm, und viele Partner unterdrücken sich gegenseitig, außer denen, die gläubig sind.

Die beiden Männer verschwanden wie eine Wolke, und David erkannte, dass sie zwei Engel waren, die zu ihm gesandt worden waren, um ihm eine Lektion zu erteilen. Er hätte kein Urteil fällen dürfen, ohne von der gegnerischen Partei gehört zu haben.

Der allmächtige Allah erzählte uns von diesem Vorfall: Und hat dich die Nachricht von den Prozessparteien erreicht? Als sie über die Mauer in (seinen) Mihrab (eine Gebetsstätte oder einen privaten Raum) kletterten. Als sie auf David eintraten, hatte er schreckliche Angst vor ihnen, sagten sie: Fürchtet euch nicht! (Wir sind) zwei Streitparteien, von denen die eine der anderen Unrecht getan hat; darum urteilt zwischen uns mit der Wahrheit und behandelt uns nicht mit Ungerechtigkeit und führt uns auf den rechten Weg.

"Wahrlich, das ist mein Bruder (in der Religion) hat neunundneunzig Mutterschafe, während ich nur ein Mutterschaf habe, und er sagt: 'Gib es mir,' und er überwältigte mich mit seiner Rede.

sagte David sofort, ohne auf den Gegner zu hören: "Er hat Ihnen Unrecht angetan, indem er zusätzlich zu seinen Mutterschafen auch Ihr Mutterschaf verlangt hat. Und wahrlich, viele Partner unterdrücken einander, außer denen, die glauben und gute Taten vollbringen, und das sind nur wenige".

Und David ahnte, daß Wir ihn geprüft haben, und er suchte Vergebung bei seinem Herrn, und er fiel auf die Knie und wandte sich in Reue zu Allah. So vergaben Wir ihm das, und wahrlich, für ihn ist ein naher Zugang zu Uns und als guter Ort der endgültigen Rückkehr das Paradies.

O David! Wahrlich! Wir haben dich als Nachfolger auf die Erde gesetzt, so richte dich zwischen den Menschen in Wahrheit und Gerechtigkeit. Und folge nicht deinem Wunsch, denn er wird dich vom Pfad Allahs abbringen. Wahrlich! Diejenigen, die vom Pfad Allahs abgeirrt sind, werden schwere Qualen erleiden, weil sie den Tag der Abrechnung vergessen haben. (Ch 38:21-26 Koran).

Der Prophet Dawud AS (David) betete Allah SWT (Gott) an, verherrlichte ihn und sang sein Lob bis zu seinem Tod. Den Überlieferungen zufolge starb der Prophet Dawud AS (David) plötzlich und wurde von viertausend Priestern sowie von Tausenden von Menschen betrauert. Es war so heiß, dass die Menschen unter der Intensität der Sonne litten. Der Prophet Sulaiman AS (Salomo) rief die Vögel, um den Propheten Dawud AS (David) und die Menschen vor der Sonne zu schützen, und sie taten dies, bis er begraben wurde. Dies war das erste Zeichen seiner Herrschaft, das vom Volk bezeugt wurde.